약초 할아버지가 삼 년 고개에서 넘어졌어요.
그래서 삼 년밖에 살지 못한대요.
이제 어쩌면 좋을까요?

추천 감수 _ 서대석
서울대학교와 동 대학원에서 구비문학을 전공하고 문학박사 학위를 받았습니다. 한국구비문학회 회장과 한국고전문학회 회장을 지냈으며, 1984년부터 지금까지 서울대학교 인문대학 국어국문학과 교수로 재직 중입니다. 〈한국구비문학대계〉 1-2, 2-2, 2-6, 2-7, 4-3 등 5권을 펴냈으며, 쓴 책으로 〈구비문학 개설〉, 〈전통 구비문학과 근대 공연예술〉, 〈한국의 신화〉, 〈군담소설의 구조와 배경〉 등이 있습니다.

추천 감수 _ 임치균
서울대학교 대학원에서 고전소설 연구로 문학박사 학위를 받고 현재 한국학중앙연구원 한국학대학원 어문예술계열 교수로 재직 중입니다. 한국학중앙연구원에서 문헌과 해석 운영위원으로 활동하고 있으며, 고전소설의 대중화 방안을 연구하여 일반인들에게 널리 알리는 일에 앞장서고 있습니다. 쓴 책으로 〈조선조 대장편소설 연구〉, 〈한국 고전소설의 세계〉(공저), 〈검은 바람〉 등이 있습니다.

추천 감수 _ 김기형
고려대학교와 동 대학원에서 구비문학을 전공하고 문학박사 학위를 받았습니다. 현재 고려대학교 문과대학 국어국문학과 부교수로 판소리를 비롯한 우리 문학을 계승 발전시키기 위해 노력하고 있습니다. 쓴 책으로 〈적벽가 연구〉, 〈수궁가 연구〉, 〈강도근 5가 전집〉, 〈한국의 판소리 문화〉, 〈한국 구비문학의 이해〉(공저) 등이 있습니다.

추천 감수 _ 김병규
대구교육대학을 졸업하고 한국일보 신춘문예에 동화가, 중앙일보 신춘문예에 희곡이 당선되면서 작품 활동을 시작했습니다. 대한민국문학상, 소천아동문학상, 해강아동문학상 등을 수상했으며, 현재 소년한국일보 편집국장으로 재직 중입니다. 쓴 책으로 〈나무는 왜 겨울에 옷을 벗는가〉, 〈푸렁별에서 온 손님〉, 〈그림 속의 파란 단추〉 등이 있습니다.

추천 감수 _ 배익천
경북 영양에서 태어났습니다. 1974년 한국일보 신춘문예에 동화가 당선되었고, 〈마음을 찍는 발자국〉, 〈눈사람의 휘파람〉, 〈냉이꽃〉, 〈은빛 날개의 가슴〉 등의 동화집을 펴냈습니다. 한국아동문학상, 대한민국문학상, 세종아동문학상 등을 받았으며, 현재 부산 MBC에서 발행하는 〈어린이문예〉 편집주간으로 일하고 있습니다.

글 _ 박민호
서울예대 문창과를 졸업하였으며, 1992년 제1회 동쪽나라 아동문학상을 받았습니다. 현재 한국문인협회 회원이며, 한국아동문학인협회 이사를 맡고 있습니다. 쓴 책으로 〈아빠의 편지〉, 〈세상에서 가장 아름다운 거짓말〉, 〈산신당의 비밀〉, 〈새우와 고래는 어떻게 친구가 되었을까?〉, 〈마음 부자가 되는 111가지 이야기〉, 〈내 동생 검둥오리〉 등이 있습니다.

그림 _ 조민경
홍익대학교 동양화과를 졸업했습니다. 한국출판미술협회 회원이며, 현재 프리랜스 일러스트레이터로 활동하고 있습니다. 그린 책으로 〈꼭꼭 숨어라〉, 〈성냥팔이 소녀〉, 〈좁쌀 한 톨〉, 〈만복이는 풀잎이다〉, 〈얼레꼴레 결혼한대요〉, 〈향기 나는 친구〉 등이 있습니다.

소년한국
우수어린이
도서수상

〈말랑말랑 우리전래동화〉는 소년한국일보사가 국내 최고의 도서 제품을 선정하여 주는 우수어린이 도서를 여러 출판사의 많은 후보작과의 치열한 경쟁을 뚫고 수상하였습니다.

말랑말랑 우리전래동화

06 지혜와 재치
삼 년 고개

발 행 인 박희철
발 행 처 한국헤밍웨이
출판등록 제406-2013-000056호
주   소 경기도 성남시 분당구 금곡동 444-148
대표전화 031-715-7722
팩   스 031-786-1100
편   집 이영혜, 이승희, 최부옥, 김지균, 송정호
디 자 인 조수진, 우지영, 성지현, 선우소연
사진제공 이미지클릭, 연합포토, 중앙포토

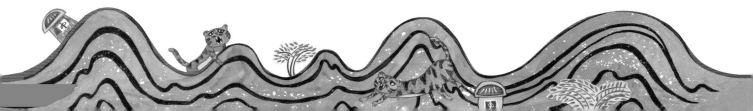

삼 년 고개

글박민호 그림조민경

한국헤밍웨이

옛날 어느 산속에 할아버지가 혼자 살았어.
할아버지는 산에서 약초를 캐며 살았지.
사람들은 할아버지를 '약초 할아버지'라고 불렀어.
약초 할아버지에게는 친구가 하나 있었는데
이웃에 사는 수다쟁이 토끼였어.
"할아버지는 아들, 며느리, 손자 들이 많은데
왜 산속에서 혼자 살아요?"
"하늘나라에 있는 할멈과 가깝게 있으려고 그러지."

산 아래 마을에 장이 서면
약초 할아버지는 캐 놓은 약초를 내다 팔았어.
수다쟁이 토끼가 약초 파는 걸 도와주었지.
"건넛마을 황 부자가 배가 아파 꼼짝 못하다가
이 약초를 먹고 씻은 듯 나았다면서요?"
사람들은 너도나도 약초를 사 갔어.
"할아버지, 먼 길 돌아가기 귀찮은데
집에 갈 때 삼 년 고개를 넘어갈까요?"
"예끼, 이 녀석. 난 싫으니 너 혼자 가거라."

삼 년 고개는 약초 할아버지 집으로 가는 지름길이야.
옛날부터 이 고개에서 까딱 잘못해서 넘어지면
삼 년밖에 못 산다고 그런 이름이 붙었지.
아무도 가지 않는 삼 년 고개는 잡초만 무성하게 자라
대낮에도 어두컴컴, 동물들만 뛰노는 곳이 되었어.

어느 장날, 약초 할아버지가 약초를 팔고 있는데
막내며느리가 헐레벌떡 할아버지를 찾아왔어.
"아버님, 우리 칠복이 좀 살려 주세요.
어제부터 물도 한 모금 못 마셔요."
"뭐라고? 의원은 다녀갔느냐? 뭐라 하더냐?"
"의원님도 모르겠다면서 그냥 돌아갔어요.
아버님, 어쩌면 좋아요?"
약초 할아버지는 얼른 막내아들 집으로 달려갔어.

약초 할아버지는 손자 칠복이를 살펴보았어.
"걱정 마세요. 할아버지가 못 고치는 병은 없거든요."
수다쟁이 토끼의 말에 막내며느리의 얼굴이 밝아졌어.
"아버님, 우리 칠복이 괜찮겠죠?"
막내며느리는 약초 할아버지의 손을 꼭 잡았어.

"허허, 이를 어쩐다?"
집에 돌아온 약초 할아버지는 담배만 뻑뻑 피웠어.
"아니, 무슨 병인데 그러세요?
할아버지가 못 고치는 병도 있어요?"
"그것참! 잘 듣는 약초가 있긴 한데…….
그게 삼 년 고개에 있단다."
그 말에 수다쟁이 토끼는 화들짝 놀랐어.
"뭐라고요? 삼 년 고개에 있다고요? 에구, 무서워라."
약초 할아버지는 밤새 생각하고 또 생각했어.

다음 날, 약초 할아버지는 막내아들 집에 갔어.
"오늘 약초를 구해 놓을 테니
내일 아침 일찍 집으로 오너라."
"고맙습니다. 아버님만 믿고 있을게요."
막내며느리는 그저 눈물만 뚝뚝 흘렸지.
약초 할아버지는 삼 년 고개로 걸음을 옮겼어.
"나도 같이 가요, 할아버지."
수다쟁이 토끼도 약초 할아버지를 따라나섰어.

마침내 수풀이 우거진 삼 년 고개에 다다랐어.
"할아버지, 배가 살살 아픈 게 탈이 났나 봐요."
겁이 난 수다쟁이 토끼는 길가에 쪼그려 앉았어.
"그러면 넌 여기서 기다려라."
할아버지는 뚜벅뚜벅 삼 년 고개로 올라갔지.
혼자 남은 수다쟁이 토끼는 주변을 둘러보았어.
그런데 자꾸만 숲 속에서 뭔가 나올 것 같았지.
할 수 없이 토끼는 약초 할아버지를 뒤쫓아 갔어.

저 멀리에서 발걸음 소리가 들려왔어.
수다쟁이 토끼는 두 귀를 쫑긋 세웠지.
"거기 누구냐? 귀신이면 썩 물러가라!"
"목소리를 들으니 배가 싹 나았나 보구나."
약초 할아버지 목소리에 수다쟁이 토끼는
너무나 반가워서 펄쩍펄쩍 뛰어갔어.

그러다가 그만 나뭇가지에 발이 턱 걸려
할아버지 쪽으로 꽈당 넘어지고 말았어.

토끼를 붙잡아 주려던 약초 할아버지도
신발이 벗겨지면서
벌러덩 자빠지고 말았지.

"에구, 삼 년 고개에서 넘어졌으니 이젠 죽었네!"
"이게 왠일이냐! 아이고!"
약초 할아버지와 수다쟁이 토끼는 기가 막혔어.
"허허, 우리가 한날한시에 *황천길로 가겠구나."
넋을 놓고 앉아 있던 약초 할아버지가 벌떡 일어났어.
"죽을 때 죽더라도 손자는 살리고 봐야지."
할아버지는 가까스로 약초를 캐어
집으로 돌아와 정성껏 약을 달였어.
수다쟁이 토끼는 툇마루에 누워 눈만 끔뻑거렸지.

*황천길 : 죽어서 저승으로 가는 길을 말해요.

다음 날 아침 일찍 막내며느리가 찾아왔어.
"아버님, 고맙습니다. 칠복이가 이제 살겠군요."
"칠복이만 살면 뭐해요! 할아버지와 나는 죽게 생겼는데……."
수다쟁이 토끼는 어제 삼 년 고개에서 일어났던 일을
막내며느리에게 모두 얘기해 주었어.

금세 온 마을에 소문이 좍 퍼졌어.
"칠복이를 고칠 약초를 구하러 갔다가 그랬대요."
"쯧쯧, 손자 대신 할아버지가 죽게 생겼네그려."
마을 사람들은 약초 할아버지한테 벌어진 일을 슬퍼했지만
도와줄 길이 없으니 답답하기만 했어.

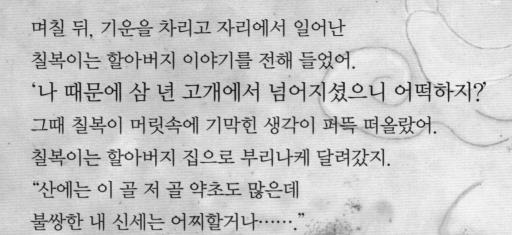

며칠 뒤, 기운을 차리고 자리에서 일어난
칠복이는 할아버지 이야기를 전해 들었어.
'나 때문에 삼 년 고개에서 넘어지셨으니 어떡하지?'
그때 칠복이 머릿속에 기막힌 생각이 퍼뜩 떠올랐어.
칠복이는 할아버지 집으로 부리나케 달려갔지.
"산에는 이 골 저 골 약초도 많은데
불쌍한 내 신세는 어찌할거나……."
약초 할아버지의 구슬픈 노랫소리가
바람을 타고 들려왔어.

"할아버지, 하늘이 무너져도 솟아날 구멍이 있댔어요."
"죽지 않을 좋은 방법이라도 있단 말이냐?"
"삼 년 고개에서 한 번 넘어지면 삼 년을 사니까
두 번 넘어지면 육 년을 살 수 있잖아요!
세 번 넘어지면 구 년이고, 네 번이면 십이 년……."
칠복이의 말이 채 끝나기도 전에 할아버지와
수다쟁이 토끼는 삼 년 고개로 후다닥 뛰어갔어.

"할아버지, 우리는 이제 살았어요."
"그래, 토끼야. 이제 살았구나!
한 번 넘어지면 삼 년, 두 번이면 육 년,
세 번이면 구 년이란 말이지. 하하!"
약초 할아버지와 수다쟁이 토끼는 삼 년 고개에서
데굴데굴 구르고 또 굴렀어.
하얀 보름달이 까만 밤하늘에
휘영청 떠오르도록 말이야.

삼 년 고개 작품해설

사람은 누구나 오래 살고 싶은 욕망이 있어요. 옛이야기는 이러한 욕망을 재미있고 다양한 소재를 통해 보여 주지요. 마시면 젊어지는 샘물이라든지, 저승사자를 잘 대접해 십팔만 년을 살았다는 삼천갑자 동방삭 이야기 등은 오래 살고 싶은 사람의 욕망을 담은 대표적인 옛이야기들이지요.

깊은 산속에서 약초를 캐며 사는 할아버지의 손자 칠복이가 병에 걸렸어요. 칠복이의 병은 '삼 년 고개'라는 높고 험한 고개에서 자라는 약초를 달여 먹어야 나을 수 있는 병이랍니다.

그런데 '삼 년 고개'라는 이름은 그곳을 지나가다가 넘어지면 삼 년밖에 살 수 없다고 해서 붙여진 이름이었어요. 약초 할아버지는 손자 칠복이를 살리기 위해 수다쟁이 토끼와 함께 삼 년 고개를 올라갑니다. 그런데 그만 그곳에서 할아버지는 수다쟁이 토끼가 넘어지려는 것을 구해 주려다 함께 넘어지고 말았어요. 손자를 살릴 약초를 구할 수는 있었지만, 그 대가로 앞으로 삼 년밖에 살지 못하게 된 거예요.

하지만 기운을 되찾은 손자 칠복이가 할아버지에게 달려와, 삼 년보다 더 오래 살 수 있는 기가 막힌 방법을 가르쳐 줍니다. 바로 삼 년 고개에서 몇 번을 더 구르는 것이었지요. 칠복이의 재치와 지혜 덕분에 약초 할아버지는 비로소 마음을 놓을 수 있었어요.

〈삼 년 고개〉 이야기는 어떤 일이든 마음먹기에 따라 결과가 달라진다는 것을 가르쳐 줍니다. 또 어려움이 닥쳤을 때 용기를 잃지 않고 침착하게 대처해 나가면 얼마든지 잘 이겨 낼 수 있다는 것을 알려 주지요.

〈삼 년 고개〉를 통해 긍정적인 마음의 중요함을 깨닫고, 어려움에 맞서는 자세가 얼마나 중요한지 생각해 볼 수 있을 것입니다.

꼭 알아야 할 작품 속 우리 문화

장날

백화점과 마트가 없던 옛날에는 물건을 장에 가서 샀어요. 장이란 많은 사람이 모여 여러 가지 물건을 사거나 파는 곳을 말하는데, 지금의 시장과 비슷하지요.

장이 열리는 날을 '장날'이라고 하며, 주로 5일에 한 번씩 장이 열렸기 때문에 '5일장'이라고 불렀어요. 물론 5일장 외에도 3일장, 7일장 등이 있었지요. 지금도 시골에 가면 장이 서는 풍경을 볼 수 있는데, 경북 상주와 강원 정선의 5일장이 유명하답니다.

툇마루

안방과 건넌방을 연결해 주는 큰 마루를 대청마루라고 했지요? 그렇다면 툇마루는 무얼까요?

툇마루란 방이나 대청마루의 앞쪽 또는 뒤쪽에 조그맣게 덧댄 마루를 말해요. 그리 넓지 않은 공간으로, 두 사람이 마주 보고 앉거나 신발을 신거나 바람을 쐬기에 적당한 곳이지요.

툇마루는 방으로 들어가려면 반드시 거쳐야 하는 곳이기도 해요. 또한 이불을 터는 등의 간단한 일을 할 수 있는 공간이기도 하답니다.

조상의 지혜를 배우는 속담 여행

〈삼 년 고개〉에서 약초 할아버지는 '삼 년 고개'에서 넘어져 3년밖에 못 살 줄 알았어요. 하지만 영특한 손자 덕분에 걱정을 덜었지요. 불행이 오히려 행복이 된 경우예요. 여기에서 배울 수 있는 속담을 알아보아요.

화가 복이 된다

처음에 불행으로 여겼던 것이 원인이 되어 뒤에 다행스러운 결과를 가져오는 수도 있다는 말이에요.

전래 동화로 미리 배우는 **교과서**

🏺 약초 할아버지는 왜 하필 위험한 삼 년 고개까지 약초를 캐러 갔나요?

💰 모든 일은 생각하기 나름이고 또한 마음먹기에 달린 거예요. 긍정적인 마음을 갖는 것이 왜 중요한지 엄마나 친구들과 이야기해 보세요.

🪨 다음은 전라도와 경상도의 경계에 있는 '육십령 고개' 의 사진이에요. 왜 하필 이름이 육십령일까요? 자유롭게 상상해서 써 보세요.

_____

_____

_____

_____

_____

_____

_____